94908

Ie

MA MOTION.

ODE

AUX ETATS-GÉNÉRAUX.

PAR M. LABRUT.

Se vend chez les Marchands de Nouveautés.

1 7 8 9.

MA MOTION.
ODE
AUX ETATS-GÉNÉRAUX.

TELS des antres du Nord, échappés sur les flots,

Les fougueux aquilons appellant les tempêtes,

Montrent de toutes parts aux pâles matelots.

    La mort qui ménace leurs têtes.

Tels d'ardens oppresseurs déchaînés contre nous,

Fiers du trop long succès de leurs trames perfides,

Creusoient encor le gouffre où nous périssions tous

    Engloutis par leurs mains avides.

Il n'eſt rien de parfait hors la divinité.

Oh des foibles humains condition funeſte !

Le plus juſte ſouvent cherchant la vérité,

Embraſſe l'erreur qu'il déteſte.

Au milieu des écueils où le trône eſt aſſis,

A des pieges ſans nombre un bon prince eſt en proie ;

Et de tromper ſon cœur, les méchans réunis

Se font une coupable joie.

Vous qui fûtes du monde & l'amour & l'honneur,

Magnanime Henri, vous ſage Marc-Aurele,

Dites-nous ſi jamais une fatale erreur

Ne déconcerta votre zele ?

Bientôt d'un voile impur perçant l'obſcurité,

Par vos ſoins généreux vous effaciez la trace,

Des maux que l'impoſture & la cupidité

Amaſſoient ſur l'humaine race.

COMME un chêne, ornement des antiques forêts,
Aux fureurs de la mort, tandis que tout succombe,
Croît encore en vigueur & semble attendre en paix,
Que l'Univers s'écroule & tombe.

AINSI la faulx du tems frappe sans ébranler,
Du trône des BOURBONS les fondemens durables;
Et les siecles sur eux ne paroissent couler,
Que pour les rendre impérissables.

D'UNE heureuse harmonie admirable pouvoir!
Du peuple & de son chef concorde salutaire,
Qui soumet par l'amour, plus que par le devoir
Des fils sensibles à leur pere.

MAIS quelle affreuse nuit succede au plus beau jour?
Quel vertige insensé répandu sur la France,
Se prépare à briser les liens de l'amour,
Et de la douce confiance?

DES tréfors de l'état cruels déprédateurs,

Vos excès à la fin déconcertent vos brigues,

Et votre art infernal broye en vain des couleurs,

    Pour mafquer vos lâches intrigues.

LE glaive de Thémis s'apprête au châtiment :

Attendez-vous qu'il donne un exemple tragique ?

Fuyez : on permettra que votre feul tourment,

    Soit l'indignation publique.

O tranfports ! ô bonheur qui nous ramene au port !

Le ciel s'étoit montré menaçant & terrible,

Comment a-t-il repris, touché de notre fort,

    Un afpect riant & paifible.

EST-CE un dieu dont le fouffle a fait fuir loin de nous,

Des vents contagieux la maligne influence ?

Eft-ce Alcide vengeur qui téraffe les loups,

    Qui dévaftoient notre fubftance ?

PEUPLES, c'eſt votre Roi, c'eſt le Dieu bienfaiſant,

Dont les ſoins paternels operent ce prodige;

Il écarte des lys l'inſecte dévorant,

Dont la dent flétriſſait leur tige.

POURSUIS, ne laiſſe point ralentir ton eſſor;

Des frélons de l'état détruis juſqu'à la trace;

Dans nos champs fortunés, ramene l'âge d'or,

Chaſſé par leur eſſaim vorace.

L'OISEAU de Jupiter, quand il quitte les cieux,

Près de l'aſtre du jour ſuſpend ſon vol ſuperbe,

Pour tromper ſes regards un reptile odieux,

Se cache vainement ſous l'herbe,

LE berger ne craint plus ſes poiſons déchirans,

Et de ſon ſang impur la terre eſt humectée,

Ainſi puiſſe ta main écraſer des méchans

La troupe vile & déteſtée.

ET toi qui trop long-tems languit dans le fommeil,

De notre liberté tutélaire génie,

Entends-tu retentir le moment du reveil,

    Au nom facré de la patrie ?

DE ce lâche fommeil fors, pour n'y plus rentrer:

LOUIS dont la vertu comme à nous t'eft connue,

Cherche la vérité ; tu peux la lui montrer,

    Sans craindre de bleffer fa vue.

DE tous fes intérêts fe repofant fur nous,

De notre deftinée, il nous nomme l'arbitre :

Peuple législateur, à jamais fois jaloux

    De mériter un fi beau titre.

PAROISSEZ à fa cour, citoyens vertueux,

Là, fuffiez-vous iffu d'un monarque ou d'uu ruftre,

Le plus fage fera le plus grand à nos yeux,

    Et mis au rang le plus illuftre.

AH? fachez profiter du bienfait de LOUIS ;

Qu'enfin regne entre vous un accord falutaire ;

Pour le bonheur public, François, foyez unis ;

Forcez la difcorde à fe taire.

D'UN opprobre éternel craignez de vous couvrir.

Le crayon à la main, la mufe de l'hiftoire

Vous attend. Choififfez, fon temple va s'ouvrir,

De l'infamie ou de la gloire.

INSENSÉS ! dont l'orgueil nourrit avec éclat

L'ambitieux foyer de ces haînes actives,

Serez - vous moins touchés du péril de l'état,

Que fiers de vos prérogatives.

SOUS nos pas s'eft ouvert un gouffre de malheurs,

Si la difcorde un jour le rend inévitable,

Tremblez : plus on atteint au faîte des grandeurs

Et plus la chûte eft redoutable.

CEDEZ, vains préjugés, à l'amour de la paix :
Elle seule rendra nos destins plus prospères ;
Ah ! notre premier titre est d'être nés François,
    Citoyens, nous sommes tous freres.

REJETTONS immortels du sang du grand HENRI
PHILIPPE, STANISLAS*, l'œil public vous contemple,
Par l'utile union qui se croira flétri ?
    Quand vous en donnerez l'exemple.

REPRÉSENTANS du peuple, appellez parmi vous
Ces deux nobles soutiens de la plus juste cause ;
Venez, princes, venez travailler avec nous,
    Au bien que LOUIS se propose.

MAIS votre auguste voix a prévenu nos vœux,
Au nom de la patrie elle s'est fait entendre.
O Princes ! persistez dans l'essor généreux
    Que la vertu vous a fait prendre.

---

* MONSIEUR, & Monseigneur le Duc d'Orléans.
MONSIEUR n'a pas accepté de députation, mais ses sentimens patriotiques sont connus.

D'UN ſi beau dévouement goûtez long-temps les fruits

Déjà dans lès tranſports de ſa reconnoiſſance ,

Tout zélé citoyen vous nomme après LOUIS ,

Les reſtaurateurs de la France.

FIN.